循环的诗

高木桢 著

陕西新华出版

太白文艺出版社·西安

图书在版编目（CIP）数据

循环的诗 / 高木桢著. -- 西安 ： 太白文艺出版社，
2024．8． -- ISBN 978-7-5513-2715-2

Ⅰ．I227

中国国家版本馆CIP数据核字第2024EQ4193号

循环的诗

XUNHUAN DE SHI

作　　者	高木桢
责任编辑	蔡晶晶
策　　划	泥流文化传媒
封面设计	白　茶
版式设计	建明文化
出版发行	太白文艺出版社
经　　销	新华书店
印　　刷	三河市华东印刷有限公司
开　　本	880mm×1230mm 1/32
字　　数	60千字
印　　张	4.5
版　　次	2024年8月第1版
印　　次	2024年8月第1次印刷
书　　号	ISBN 978-7-5513-2715-2
定　　价	45.00元

联系电话：029-81206800
出版社地址：西安市曲江新区登高路1388号（邮编：710061）
营销中心电话：029-87277748 029-87217872

睡着时尽是梦想，觉醒时都是死亡。

——赫拉克利特 · 残篇

目录

辑
壹

梦

梦的神启

梦中的神启

有时是一幅巨制宏伟的画面

有时却是几句残篇断字

它们在梦中也是灵光一闪

据说捕捉到的人很少

其概率如同在全无悬念的时间之河撒下一张没有经纬的网

奔流不息的水从古至今

无尽的真相与箴言

徒劳地在幽深的暗潮汹涌下之又下的那个被时间裹挟的空间里泛着
　　微波粼粼的光逐去

但

但丁窥见的花豹

于它无数个无意义的梦中（如果它确也有梦，而不是上帝特意为它
　　制造的一个）

捕捉到了那闪着奇幻光芒的文字

甚至它被囚禁在这寸尺不足的锈迹斑斑的铁笼之前

它也未曾如获取这慰藉的预言（寓言）一般灵巧地占有猎物

而今

它却听懂了另一个种群的语言

也许此时上帝只是它的上帝

有一种属于他与它之间的言说

如何只是充当一个词语就能永恒

花豹思忖着这个交易

上帝在梦里说我不能再给你更多的启示

你也不是估值交换的商品

这不是一场你的血液能够显明的真理

也不是在那个种群中执行的道德判断

这　是你的命运

（为什么上帝用了这个词汇？）

于是花豹醒来的时候

它臣服于一种模糊的信仰

有关隐忍　放弃　时间的和解与升华

死亡　和作为符号的永生

从此

它化作《神曲》一篇中的一行文字

以及余生在牢笼中回望嗜血的撕咬和自由的余温

人类的一切杰作都是上帝的杰作

他用一个大的种群去标记人类

不被人们知道的是

他曾经无数次游说过无数只有美丽的花斑豹纹的嗜血动物

而它们不被诱惑所动

它们用原始的凶狠的眼神粉碎了梦的进展

上帝也忘记了这原始的天性正是出自他的手

他创造了他也无法搬动的石头

否则

但丁就不再是但丁

他可能是《荷马史诗》

甚至可能是楔形文字的吉尔伽美什

欲望之路

失眠

一粒白色的圆形的药片，

因为有着精灵一样蓝色的名字，

捧在手心里是冰凉的感觉。

彼时，它是我的信仰，

虽不如苏格拉底饮最后的毒芹那般慷慨赴死，我带着抵触的恶意，

膜拜我的信仰，

祈求它给我一夜安宁。

我这样思考时，

还站在衣橱前，

等时间让它细小的颗粒在我的血液中溶化，

凝固我纷乱的散落一世界的情绪。

我没有等来时间，

这颗白色的化学物，

用最暴力的方式直接抹杀了世界。

我失去了我，

完全失去了关于我的一切关联，

没有一丝梦境的生成与遗留。

我在那大片的时间里，

到底在哪里，

以何种方式何种物质存在，

现在都已不可知。

我化作了精灵在黑暗中舞蹈，

那幽幽的蓝色光芒，

是它名字的出处。

睁开眼睛，

这已是很多年前发生的事情了。

前世在母亲的子宫里我亲吻过你

前世在母亲的子宫里我亲吻过你

我不记得那是哪一个前世

年代不详

甚至也不一定是前世

是坐标轴的右侧无限大的某一个纪元

总之一切都不确定

关于时间的概念一切都经不起考验　但

我确凿地呼吸过你吐出的被污染过的羊水

你的思想

最初的灵魂密码

都在那里

与我交换

所以我记得你

深于眼神

因为我们还不能对望

你拿着放荡不羁的名片

与我的自由

完美契合　对接

同一颗种子里分化出的两棵云参

我想缠绕你　不停地缠绕

又想让你挺立　孤独

于是　我远离你

我们站在南北极的两端

你甚至还想退后

退到看不到我的身影

退到我的死亡　和你的出生　没有交集

像无数个前世一样

我们隔着时代的纪年　无助地遥望

我们抱怨着这个混浊的时代

诅咒各自的境遇

却满心欢喜

因为我们终于迎来了离开母体后彼此无限接近的瞬间

热夜

暗夜中的我是最清醒的，

何况四十一摄氏度的炙热，

再理性的冰都会融化成烈焰。

我有着何其任性的自由，

我想亲吻死亡滚烫的唇，

想无限贴近最后的瞬间，

想去看那彼岸的光。

我关掉手机，

不联系任何人，

给猫添了足够的食物，

想去整理一些物品但是已经没有体力，

所以我喘息着安心地卧在床上。

灼灼的黑暗中那幻化出的奇妙的思想　与

不知落在真实与虚幻哪一边的回忆，

干涸的被痛撕裂的肉体，

我就在这生命的时间之河中静静地看它冲刷我的堤岸，

将我化为它的一部分。

天色接近我眼中最后一些闪动的微白时，

我的体温降下来。

热情与舞蹈离开了我，

我分辨不出生与死哪个跳得更精彩。

唯有感激我的孤独与勇敢，

让我拥有了与我的职业相称的独特感受与经验，

它们会化成文字的灵魂长命百岁。

他的祖辈都是农民

他的祖辈都是农民

被裹着黄沙的风吹过贫瘠的土地

在那上面

不规则地摆放着一个个麻木的泥制的躯体

他们是上古时期第一批人类

还没有被注入一切植物美好的呼吸

和　动物心中的善与恶

他们的灵魂比泥土的肢体更沉重

数不尽的世代

扎根在干涸的田间

直到距离今天最近的那一个子孙诞生

这是一个奇迹

因为他被赋予一些闪光的轻盈

他并非被特殊地祝福而诞生　只是诞生　成长

成长到能够思考

他的祖辈都是农民

他也爱大地　爱种子　爱被尘沙的梦魇遮蔽后的天空

他第一次读文字编织的从未见过的梦

那里有刀光剑影

有滚烫的子弹寻找它的目标

有咆哮的马匹　神圣的使命

有被标记入人类历史长河并扭转河道的战役

有在黄沙漫扬下整齐的队伍前胯下最矫健的一骑高头战马

其上的人用势在必得的坚定的微笑

俯瞰与环视这个刚刚被征服的村庄

和　世世代代被命运之尘定型的身体之上模糊的没有镌刻五官的脸

他惊觉

他望见了他的祖辈

他的祖辈都是农民

他将改变自己的命运

欲望

已经在巅峰

再乞求

再挪动一毫

再向我幽深温热的禁地挺进一个夜晚

再用泪装饰回程

再将数字镌刻进肌肤

再用冰的绿色书写两次同样的文字

再多耽搁一秒

再让明灭的烟火落在落雨的阳台黑暗中两个遥远的实体距离中无限
  贴近的灵魂对望

再多流露一丝的占有

再回看匆忙地逃离前你安静又绝望地伫立在门框的阴影中看向我的
  一眼

再一次沉入你黑色的温柔

都是灾难

但……

回乡七天

七天

我从没有真正属于过它们

我只是飘浮在它们的上空

连俯瞰都自觉奢侈

而从今天开始

我终于确凿地

无可辩驳地占有了它们的所属权

并将时效无限延长至同我这生命之环一同旋转

它们终于不再是时间

而将是某一个事件的始点

某一段历程的序曲

某一个我的前世

我只拥有过昨天

以及昨天的昨天……

国境之南：冲绳

没有被庇护过

除了连绵的绿和残缺的血的历史

他的海浪每一天都在冲刷

他本已不明朗的境界之线

将过去的眼泪

流在现实的苦涩的嘴里

隔着被更坚硬的锈迹斑斑的金属网践踏的晴空

云都低沉下来

只有他有权利舔舐伤口的铁的腥味

在这个漂泊得太远太远的最南端的孤独一隅

哪里有母亲眷顾的眼神中的怜爱

他永远是一颗棋子

他困惑地望向他名义上的拥有者　保护者

他哪一天有过孩童撒娇的恣意？

他怀疑他出生的正义

从此默默收起了乞求

我从未在他其中度量过他的境界

唯有

当每一次离开

不得不承重的鸟

从它的腹中

我才清楚地看到他位于国境之南的孑然一身的混沌命运

和

太过蓝色的澄净

布宜诺斯艾利斯的情人

从没有任何一个人像你这样了解我，我的布宜诺斯艾利斯的情人。

你早于我一个世纪诞生，

却在我身后的十年出现。

在没有你的日子里，

小小的我曾经独自一人望向我们相遇的场所。

那里人声鼎沸，

唯独没有你的存在，

你还没有在这世间出现。

你在漫长幽暗的隧道中匆忙地赶向我，

怕我孤独地死去，

怕还没有长大的我孤独地死去。

我们在一个飘着黄昏的冰冷的房间交换记忆，

和你的手一样的冷却像你的唇一样滚热。

我记起了你，

在阿根廷还没有落雪的季节。

你在低处，

我俯身向你。

上帝伸出手

你的名字如尘埃一般

你的名字如尘埃一般

沉重地落在我凝望又一个清晨的敬畏的叹息里

你在那里驻足很久

还在慢慢下滑

我或许要在我比尘埃更具隐喻的命运里

为你留一处空间

没有更恰逢的相遇

我的眼泪　和

你的处子之身

我们在时间最初始的节点

沿着不知是谁预设好的路径渐行

我们不会两次踏入同一条爱的河流

如同古老的赫拉克利特教导过的一样

对立的两极

我经常用一种极端的方式去爱一件事物，爱一个人。

我爱查拉图斯特拉，我无数次翻阅，无数次让他坠落在我车里的狭小空间，如今他的背脊断裂，我却无数次地爱抚他的残缺。

我站在太阳下的阴影中读赫拉克利特的断篇，我找隐藏的和谐，找对立的两极之间的张力之美。

我沐浴，我又翻开六十四个古老的谜题，那里有我童年的智慧，它们比答案更接近真理。

我触碰了太多的箴言，都是久远的已经死亡的生命，我替他们傲慢地、恣意地活在不停变化的静止中。

而如今，我爱你，唯愿你能读懂我隐晦的却充斥着我的全部，只为你一人起伏的爱。

我们的全部往日

一片海有两种构成

不在于颜色和属性

以及它如水般奔流向前的姿势

它名字后面

那无法称谓的另一个名字

是我全部往日的秘密　或许也浸染到未来

但未来的意义也是我的全部往日

只发生在那一个蝉鸣的寂静午后

幽暗老旧的楼道　破损的木窗刺目斑驳的纹理

唯一的光亮

来自那只无数次重复同一动作的手里模糊的匕首

所有的场景比金属清晰一万倍

但它们此刻　每一刻　都淹没在海里

我的左侧是海　右手是时间

时间之网

我几近窒息

我知道空气稀薄时

不可以占卜

但覆盖我的是时间之网

这盘根错节的交织与蔓延

这无法挣脱的黏稠

我是谁的猎物？

在等待某个角落的吞噬者伺机把玩我的恐惧之前

我为自己占卜

我被束缚的手不再焚香

我在光中沐浴

已无须再更衣

我赤裸我的灵魂

直到

在变卦的爻辞中

读出千年前已被记载的命运

未获得生命的占卜

是夜，万籁俱寂，

只有偶然作为实体的一小段跳跃的脏腑必然地被时间之轮碾轧过后

　　的轻微的呻吟。

它独立于我而去，

从割裂关系的那一瞬，就宣告了我的死亡，

而我却把它埋葬。

我跪在阁楼堆积的尘埃中，

将我童年的命运之书奋力抽出，

那覆盖着古老沉重气息的符号，

我将让它编织出邪恶的魔幻预言。

我沐浴焚香，我的肉体与灵魂，

在诡异的月色下，

勾画阳爻与断线，

六十四道谜语早已镌刻在时间彼岸的幼小的我的骨骼之上。

我熟于阅读，

我已不屑于解读已知，

我要变化各种可能，

将东方的神祇隐藏其后的箴言全部书写成诅咒的释义，

让银河之内的星全部陨落。

鱼和鸟的隐喻

当你把天空的痕迹和气息带给我时，

就已经具有了全部的意义。

不要无限接近我，

我不要你破碎的残骸，

不要某天失事航班的信息，

不要一个绚烂如烟花般的灾难。

请记住我宽厚的湛蓝，

和一丝仅存的廉价的自尊，

记住我们曾经为了成为彼此而忘记时空的双向奔赴。

如果我还有期待，

请让你余生的轨迹在我如若被眷顾的来世提前留下记号。

前目的地

每一朵云都不怀好意地饱含泪水匍匐在你回家的路上。

你在怀旧的绿皮火车里遥想我一个世纪,

而我只是你的前目的地。

不要在前目的地徘徊,

那里是充满危险与诱惑的海的无限循环与轮回。

离开大阪的这一天

雪落在我的机翼

和你疾驰的列车上

都是归途

都是归途？

冻死的记忆

对于迷途已不再迟疑

但愿我们能看到同一片风景

校门前模糊的雕塑

和已湮灭在时间之后的人声鼎沸

但愿我们能看到另一个我们

同一个我们

那久远的暖流最深处

而今余温尚存

悄无声息的热辐射在发生

你我并不知情

京都与基督受难有什么关联

京都与基督受难有什么关联？

一九八四年是已流逝的记忆还是将要抵达的时间？

我不能解释对于诗的诞生的要素的拘泥，

一个数字，

一个地图上的点，

是要绵延出更多无形的文字，

还是将历史（个人史）禁锢在某个经纬度？

比时间还早

比时间还早

两三杯黑咖啡

那只是人们赋予它的颜色

我希望品种不一

危地马拉

苏门答腊

那样就能多尝一些人间的滋味

而不必去亲历

我总是把钟爱的两本色调一致的书放在一起

本来它们的灵魂也接近

但我从博尔赫斯的剑桥开始我的仪式

拉丁文、西班牙语和我现在（在此地）说的语言竟然在星期上构成

　　了和谐一致

它们都来自自然的质朴

来自火、水或者金色

来自远古的神话

而博尔赫斯却说只有一面的钱币

我看了一下时间

一九六七年

还早

清晨还在我的身后

深夜机场

深夜偌大的机场，

被一种暧昧的空寂和落寞的疲倦包裹。

有一些灵魂都已越过了另一面墙，

只在狭窄的空间残留了被记忆捆绑的僵硬的身体。

还有一些睁着眼凝视这浓重夜幕下被建筑与光赋予的巨大的场的

　　些许情趣。

那些不眠的咖啡店和酒吧，

具有双重身份的魅惑，

绵软的乐曲是催化剂，

旅途中或许本无须擦肩的人，

落座在这里，

静静地成为谁的地狱，

谁的天堂。

致二十一岁最末的尘埃

倘若你在尚未冬眠的大地耕耘

不为果实

请将二十一颗星陨落

落于这本已丰盈的土地之上

她渴望的

只是更年轻的光

倘若你在暗夜熟悉的角落凝望时间的回眸

不为怀念

请将二十一颗星陨落

落于这早已迷失的江湖之畔

她等待的

只是永恒的下一个端点匆匆赶来的救赎

倘若你从她笃定命运的注视中注视她

只为比信仰更坚定的献祭

你会发现尘埃也被刻上沟壑的名字

沉重而成熟地下落

在二十一颗星最末的一天

是一个不忍终结的世纪的终结

却是我坚定地遥望的

递增的光芒下

一个新纪元的诞生

要有光

这是一个平日就没有什么人的海滩

这是一个平日就没有什么人的海滩

在这带雨的没有情绪的清晨

与某人不期而遇似乎要等待几个世纪

而正是此时

传来了怯怯的小号的乐声

并不是不熟练

而是

态度的犹豫　谦恭　迟疑

被无数次拒绝的破碎

一齐荡漾在湿润的空气中

甚至掩盖了潮水的节拍

我在海边的凉亭下看到他

他停下吹奏　一脸紧张

说

抱歉吵到了这么宁静的海

我说

你的音乐和今天和这里和这个时间很搭配

拜托你继续

男人的脸浮现出久违的羞涩与惊喜

这是一个多久没有被认可被温柔以待的灵魂？

接着

乐声悠扬飞舞起来

像低空中的云

爱是一场旷日持久的时间的剥夺

爱是一场旷日持久的时间的剥夺

是在二月的暖冬　呼出的

细微的疼痛的春寒料峭

是孤独的南国的岛

某一处石垣后枝头落满粉紫色的寒绯樱

却如同四月上野公园盛开的雪

爱是灵魂的抽丝

将禁忌的血的热情结成夜晚天幕中的网

想捕获悬挂于苍穹之上的银河

临近失明的第 N 个周末

你是否也遇到过这样一个周末，

空气清冷湿润，

没有色调的阳光，

你的周围都飘浮着白色，

但你却舒适，

并没有原因地安宁。

湿润有着回忆的重量，

湿润是桥梁，

它把某一个未曾属于你的过去的瞬间，

放在你的眼前，

不是为了悼念，

而是物归原主。

老虎的金黄带给我的沉重

老虎的金黄带给我的沉重

在每个清晨

让晨曦都笼罩在暮色中

以及思考

思考后的无力

服从

不可抗拒中不甘的服从（那是否还是服从？）

唯一的幸事是你已失明

黑暗带给你的安全感比有色彩的世界更适合谈论存在

你无须闭上眼

你在你眼前依然年轻

牛顿：我的名字是一颗苹果

我的名字是一颗苹果，

是大地，

是力和光的根基。

我让 1666 年的人类得以拥有灿烂的奇迹。

我洞察宇宙的奥秘，

让历史的河流冲刷过更广袤的平原，

让时间做加速度。

我是被赋予的革命者。

然而这并不是我的初衷。

我澎湃的动力和激情来自每一个寂静的暗夜的遥望与喃喃自语，

我向神许下诺言，

我所做的这些无非是为了让它看到自己的辉煌。

镜头下的两种解释

一

在这里

除了时间和海

无数的飞机飞过无数个日子里的无数个我

而我却想把它凝固在

某一个永恒

二

对于归家的人

或者向往大地的坚实的人

我不能让它只停留在这四角的空间

我是多么残忍

我让时间滑行

让它安心着陆

我只将我的海揽入我的怀中

台风来临之前

台风来临之前

我拥有过每一个被烈焰炙烤的午前

我也拥有过你全部的笑靥

你过于年轻的思想也曾属于我大脑中的某一个禁地

你的骨骼脏腑　你的皮肤　你皮肤下极纤细的血管

流淌在你躯体的血液

也曾在我的血管里畅快地流过　漫过比太平洋还宽广的海

你说给我的每一句话

我也曾以同样被赋予的意义说给你听

但彼时你还不曾存在于这个对你而言不过是梦境的世界

那却是我的现实

漫长又短暂的岁月　我终于等到你醒来

在你不得不直面的过去与未来之间的那些残酷里

只是我咬文嚼字的某个瞬间

无须纪念的黄昏

我爱的一些人几乎都钟爱黄昏

我在他们笔下的文字中反复咀嚼

从他们的思想中窥探

献出我的片刻金黄

黄昏是我唯一保有模糊的感性的荡漾

我佯装感性

慢慢漫过暗夜清醒的理性路径

黄昏的我不想直面内心丰满的潮涌

而偏偏拐入盘根错节的小路找寻迷宫

黄昏的我触碰不到我的坚硬

是金色的我柔软地搁浅在金色的孤独

但

我的黄昏

异常短暂

只是那一瞬间

明与暗的交替

闪耀的发光体欢愉的冲动后的内敛

然后

我又落入我自己的世界

说着我自己的语言

在这本无须纪念的前一天

更加无比向往明日之后的正午强烈的阳光

夜晚将具象模糊

夜晚将具象模糊，

将每一种存在都凝缩成一个概念，

我的眼睛很舒适，

我想对于博尔赫斯，

我们几乎都有同样的安全感，

并不是每一个人都能感受到对于黑暗迫近的绝望的缴械投降后的

　心安理得和踏实。

我们都宁可让夜色将一切化作抽象意义的东西压在头脑中，

我们都不觉得沉重。

而我也爱着清晨，

不是用眼去看，

我们都不再拥有这份权利，

让我在一个美好的洒着露水和不会在清晨盛开的玫瑰的身上，

绽放我们的勇气。

你的夜色走远了，

不再属于今日，

却是无数个明天我如婴儿睁开眼般的欣喜满怀。

三十一音节短歌

一

去仰望银河

在比暗夜更黑暗

包裹天幕的

被掩盖模糊之镜

折射旗帜的缄默

二

昨夜的瓷碗

残留着一轮月亮

贪吃的蚂蚁

都不愿做搬运工

只要这一刻痴情

三

上帝在我这儿

决定一群人生死

让洪水涌过

却仍然留了慈悲

放一只挪亚方舟

时间的归处

我的世界空无一人

在这平淡无奇的无数个同样下雨的清晨

因为走近他

才幻化出斑斓色彩给我看

不然他哪有心思装扮

我在我的世界空无一人的海滩

被巨大的绵延包裹

被细微的雨震颤

被潮湿弥漫

总有无数个机会感受到博尔赫斯亘古不变的一个人

以及一个人无限蔓延和纤细的内质

序曲

有些日子明显区别于其他。

比如道路一侧接连开过来的黑色同款小排量车，

而我并不是要穿越到对面，

我坐在序曲的此刻，

它们就是流动的无须等待的音符。

比如探进落地窗内清晨的阳光，

停留在我的左右手之间，

金色与深蓝，

你一定见过这两重颜色，

哪一侧是梦境与现实，

我需要辨别很久。

我抬眼看向外，

听到了由无数黑色的音符组成的歌。

VOL.2

辑贰

醒

我是我的一切

我是我的一切。

是昨日的黄昏，是下个周末月全食的夜晚。

而等待下一次天王星遮挡住月亮还需要 400 年，

但我无须等待，

因为那也终将是我，曾经是我。

我是孤独的君王，也是千军万马。

我的身体中有疆域城池，

有抵御侵袭而绵延万里的长城，

也有独为一人开启的花园小径的幽幽木门。

我是转瞬即逝的脑海中的诗歌，

是镌刻在皮肤上带进坟墓中的墓志铭。

我是存在，是随时的消亡。

是辩证的两翼充分的条件，是各种关系的缘起和尾端。

我是镜子中的我，

是镜子中的我凝视的另一个我。

我俯下身对我的女儿轻语，

那是不久前的某一个被我遗失的模糊的童年。

我亲吻母亲苍老的额头，

却同时感受到唇的火热，

和留在我的额头发烫的光阴烙下的痕迹。

我是我的前世与来生，是我的母亲和女儿。

我在 329 国道的一棵金合欢树下甜睡，

也在宇宙未启动前的熵的衰减中闲庭信步。

那里秩序归于井然，

亘久如初。

有比神秘更神秘的存在

有比神秘更神秘的存在

譬如海

他在他自己中发现了他的趣味

他开始定义变幻

定义深邃

定义他自己的每一张面孔　每一重身份

他还想定义生命

他就用他起伏的脏腑去漫过生命的每一个房间

注灌至与生命同等的高度

让生命没有其他的余地再去进行其他不相干的呼吸

他也定义死亡

海在他自己二分之一如处子般的温婉中玩味

他用上古世纪不知名的野兽的力

将原始的暴行隐藏在幽深的禁地

他只等待时间模糊了审视的眼和一切可测量评判的概念

他就开始上演一场华美的古希腊悲剧

毁灭一切明灿灿的道德

将没有权利界定的谁定义的罪恶

全部反转

包括谁定义的这个行为　这个主体

全部剥夺

并摔碎在海岸坚硬的礁石上

升腾起白色的臣服

海发现自己比其他的神秘更为神秘

他借助隐喻

将自己说成是瑰丽、宽广和无限的接纳

沙

她躲到咖啡厅的洗手间里

将脚上的沙子

用纸擦拭

刚才的海滩是下过晨雨的潮湿

那样轻轻擦拭　于事无补

她太清楚有多少沙粒进入了她的心里

她要抹去

费力地　奋力地　徒劳地

抹去由那层沙筑起的不被认可的身份

像同样在洗手间里洗去罪行的血迹一样

才能

正常地

回到现实

蓝色的鞋子里也残留了许多

她在镜前的纸篓前清理时

无意地

但也许像一个角色揣度剧本一般装作无意地

她缓缓看到镜中的自己

现在是哪一重身份

她也迷茫地辨识不清

她用不洁净的手抚过清瘦的脸庞

和微合的性感的嘴唇

是隐藏的真实流向公之于众的虚假的途中的交错缠绵

缠绵

她厌恶极了这个词汇

诅咒发明它的语言学者

她要确定

要分明的两极

然后放弃其中的一端

她背弃了赫拉克利特的信仰

她扔了鞋子

她长时间站在洗手间里

每一次外界不耐烦的叩敲声

她都回以：

我在

我？

在？

狭仄的空间落满了细小的无数的沙

她制造的世界

突然间

她理解了上帝的孤独

沙漏

早上我想用另一种古老的形式记录时间，

却没有找到餐桌上的红色沙漏。

它一直矗立在那里，

应该，

像时间一直被理所当然地认为存在一样。

莫非它在自身的流逝中流逝了？

谁让它开始，

谁启动了浩荡的历史，

谁是第一因？

谁给了一个帝国的兴盛与覆灭？

沙漏的这一端，

是生成，

是春天；

把玩之间，

死亡如迫近的狡黠。

余晖

沙漏后篇

那枚突然消失的红色沙漏又出现在我的餐桌上，

只是把时间留在了昨天。

它是否还会逃逸，

只为了，

找回，

我思考它的那段时间。

我坐在台风过境后（一）

我坐在台风过境后

离海最近的地方

总想绕过那个问题

而我却刚刚从它们（那群奄奄一息的海蛇）

的躯体边经过

我想象它们还有轻微的蠕动与战栗

想用手去确认最后一刻的冰冷和僵硬

但终究还是放弃了

清晨的太阳很暖地升起来

死亡总是属于昨日

但

值得直面他的人缅怀和用一个比白昼更长的夜纪念

致弗里德里希·尼采

我抚摸你手稿上的文字，

隔着时间抚摸你的脸，

亲吻你的灵魂。

我们之间的一个世纪，

永远横亘在那里。

不，

也许只是我，

没有赶上我们约定的那列火车，

就要在接下来的百年里，

走失在，

一直追随你的路途上。

在下一个站台，

请一定从水平线驶向换乘下来，

那里还有一趟开往纵深的每一个瞬间排列的永恒，

你会在那里找到我。

溺入时间的 7.1 级晃动

乌鸦在东京街头思考

专注而机警的眼神

像一个谦恭的与周围的秋格格不入的绅士

它抬头看了一眼天空

那里是羽毛状的嵌着乌黑鳞片的大块浮云

乌鸦怀疑是自己掉落的外衣

直到做了各种推理演算

才又安心地

低下眼帘

寻找果腹的食物

深蓝色的碟子里并排睡着刚刚生出来的昆布饭团

旁边是秋野菜的天妇罗

和金黄的南瓜浓汤

孩子偷偷舔了舔

嘴上一层晚霞的余晖

今天的云好奇怪

母亲不安地从阳台眺望

然后拿了手机翻看里面的日历

哦

超过一周的平静

奢侈得让时间都踌躇地不敢再向前

他们面对面吃饭

孩子挑剔地丢掉裹了一层薄衣的绿色生物体

母亲再夹回去

因为若有所思　并未埋怨

孩子快乐地在餐桌上演一场舞台生死剧

食物快乐地进入角色

母亲手里握着那个白色的手机

像握着生命

像被预言一般

被魔咒诵读了无数次一般

那台小巧的机器里发出恐怖的鸣音

嗡——

然后文字的诅咒浮出来

12 秒之后将有可预计的强震

请速避难

12 秒

母亲在业已习得的惊恐中先行支付了 2 秒

但这是成本

是吹响战斗号角二分之一序曲的前奏时间

似乎不经由这片刻的须臾

不足以达成身体与意识的共识

不足以使之并肩作战

不足以让预言像寓言般展开并在反省回味处标记星点伤痕

母亲一把把孩子拉到桌下

碰翻了南瓜汤汁

一滴滴金黄的雨

想尽力遮挡未知的脸

黏稠的金黄

想拖住时间

9　8　7

母亲默念

她的脸蹭到孩子的脸

她记起了一个久远的午后

有着淡淡樱花芬芳的粉紫色的床上

她收获了她的礼物

她也将脸轻轻地贴着那团小小的柔软的香盈

世界瞬间满足

静

她想于这氤氲的模糊中

哼一首歌

6　5　4

她唱了多久

时间在横轴退后得这么迅速却无力迈开前进的脚

她不得不放弃方向

男人的脸由模糊到清晰复又模糊

她想他此刻在哪一个城市

陪伴在谁人近旁

他定不会经历这么狭仄的等待

这餐桌下的空间

此刻只属于她

3　2　1——

她遗忘了自己置身何处

她想她是坐在圣奥古斯丁身旁

一起度量时间　度量静默　度量死亡

她看到苍茫的自己

又仿佛等不到苍茫

灰白的衰老是否还钟情于她

奥古斯丁在她的心里说

时间啊，我是在我的心里度量你

她终于将自己的一生走完

晃动

沉溺于时间的晃动

将原始的力分解于无形

模糊的倾斜　无法计数

无法度量的时间与无法计数的暴戾

双双沉于深海底最古老的岩石下面

被哪一个母亲子宫内的羊水包裹

是幻想出来的安全和

即将到来的

哪一个世纪的诞生

她和孩子收拾着惊恐未定的残局

倾倒的汤　变形的饭团　散落一地的天妇罗

她用垃圾纸袋包好放到阳台

有一只乌鸦正等在那里

少年卡夫卡

我们并排坐在床边

昏黄的落地灯光低俗地涂染着一室暧昧

与我们的清冷毫不相关

我转头看向我二分之一的时间的你

那里是一张四年后少年卡夫卡的侧颜

苍白的忧郁

空洞的目光游离在我目之所不能及的地方

在那里蘸取饱满

再来回望我

如果抛弃掉时间的流向

我们有着相同的入口

那被雪冰封的入口

又如产道一样漫长狭仄

我们被塑形成零点之下透明的玻璃瓶

将炙热的血保留在最初的奇点

不能携带

我抚摸你的脸

就像爱抚我自己的伤口

你吻我

你有听到自己哭泣的呻吟

少年卡夫卡已走出形而上的沙尘暴

他沾着血迹的外衣

无处清洗

我知道时间中有一处存放的角落

我会为你尘封

连同我自己的那件

我们分明将有不同的出口

为此你第一次无限接近我

然后你沉入深渊般的沉默

在黝黑的思想空间

我的光也进不去

我只能选择与你一同堕落

就像回到本初的原点

还好我们入口的标记是永远的图腾

它将一直提醒我们

有比肉体更纯粹的贴近

早在某个寒冬的清晨

光之缝隙

循环的诗

这分明是一个杜撰的传说。

可是它的信徒却前赴后继地拥入，

围坐在它周围，

像完美的天体运行轨迹的圆，

也是走在一切本源之初的朦胧的那个数字之前的数字。

据说在毕达哥拉斯教派的桢木黄金分割点上，

印刻着这条神秘的禁忌：

不要在光亮下窥视镜子！

不是摄走魂魄，

灵魂是不朽的东西，他教诲。

关于原因，

毕达哥拉斯欲言又止。

这不是他的气质，

苍老的毕达哥拉斯依然娴熟地抚弄手里的七弦琴，

音乐里流出悲哀。

在下一个满月之夜，

他预测到

那将是他那个世纪最明亮的夜和最近的月。

再接近就要等待不计其数的梦醒之后继续被古老的律法诅咒的某个

　　世纪，

要沉入一千年的黑暗

途中的一个出口是现世色彩斑斓的回复，

那浓郁却并非他想要的清凉和寂静。

再向前

要横渡无数的硝烟战场，

跨越同一条河流的每一处支流

可触碰河床的最终却是坚硬冰冷的金属。

毕达哥拉斯轻轻叹了口气，

那不被颂扬的朝代，

即使是从此刻流出，绵延的方向，

也因为缺少纯粹的思考，洁净的呼吸，轻盈的舞步，柔软的质地

而不在他备选之列。

于是在那个黝黑的苍穹被巨大的银盘镂空之际，

当光亮胜于白昼

人们的狂热忘记了夜晚，

忘记了那条镌刻于信仰之上的禁忌

之时

毕达哥拉斯开始了他盛大的仪式。

他用鲜艳的血

在满月之下的镜子中书写。

人们沉溺于狂欢

直到如饥饿的狼群嗅到血的味道

他们才亢奋地盘踞在镜面之旁。

向里窥探，

在镜中的世界另一枚巨大的月亮表面，

血红的文字，

不！

是数字。

每一个数字，

被均衡地排列其上，

滴着温热的血，

没有人知道毕达哥拉斯的用意，

即使是他最虔诚的信徒。

在这个万物皆是数的一个历史狭窄的缺口中，

没有人知道永恒的真正意义。

苍老的毕达哥拉斯疲倦了，

他已经厌倦了灵魂和一切事物的无休止的毫无意义的轮回，

那条长长的单一的圆周曲线，

不是他要的。

他看透了这一切疲惫。

他要逃到时间之外，

将他挚爱的数字，

这世间一切的缘起，

唯一的实体，

定义成真正的永恒。

那个黄金分割点的戒律

是唯一虚假的箴言，

这个事件被一个信徒记载：

这分明是一个杜撰的传说……

镜子

镜子

是一面我的成长史

少年时代

我长时间地和里面的人对视

却没有语言

我单纯地寄希望她能比我更美丽

没有那么丰满的唇

眼睛里再多一些星

另有一段未熟的时间

我尤其害怕在午夜时分向那个被圈起的空间张望

我怕那里空无一人

即使我深深地探视

我的脸尽可能贴近两个世界的境界线

里面还是忙不迭逃开的一个模糊的背影

现在

那里面的灵魂太过真实

甚至我有时并不知道

是她在凝视我

还是

别的一些什么意义

八月是一道山脊

八月是一道山脊　是一扇门

是你出生的深秋的青海湖的碧蓝

是我寒冬结的雪

我的形态融化在我的海里

剩下骨髓

沉重得推不开一扇门

越不过一道山脊

我匍匐　翻滚　坠落　再不甘地仰望山顶的星

那里是唯有我可以呼吸的稀薄

你在此　在之前　在开端　推开了我的门

你用素馨的香　黑莓的诱惑填满八月每一处庭院的空白

推开我紫色幽深的木门

那通往生命的绵长狭窄的小径

是你未知的世界

你所到之处

一片清新的茂盛

你形成我的血肉

纵使只有两日触手可及的完整与厚重与真实

可你追不上我的时间

我在八月的尾端忧伤地驻足　　等

一道山脊是翻越的圆　　还是一条望不尽起始的直线？

我在圆的哪一端　线的哪一个支点？

一扇门是一个瞬间

我又于瞬间的哪一处永恒　　回望你？

我永恒的冰冷

却在一个有着无数个太阳的炎热的八月

绽放成无数个形态的雪的花

飘过你的湖水

第二道彩虹

在比时间更早的清晨遇见两道彩虹

远远的一道

是我曾经惧怕的这淡紫色的天幕下鸟的第一声鸣叫

那意味着重置的毫无意义的沉重

意义只现于那些有形的匕首的微光

我远远地想熄灭它

将它搁浅在模糊的童年那无数个相同清晰的午后

不让它们上岸

它们将割开我的血肉

如同亚历山大里亚的赛瑞利对希帕莎的酷刑

上演了十六个世纪

也正是因为匕首与骨骼的镌刻

镌刻出另一道近端的虹

在看向多少次黑暗之后

才重塑了

今天密不透风的鸟的鸣叫的凝固里

敢于触碰太早的光的人

灾难中时间的两种度量

一个因台风的吼叫而迟起的清晨

时间的支配权总在强者的一侧

此刻它的体量笼罩着外面的一切

雨的形态　风的愤怒

空气被碾碎的奇特的凝固　黑的生成与蔓延

不容掩耳的声音充斥着时间的度量过程

丢弃给我的

只有被捆绑的自由

和十分之一的空间里满溢的无所事事

房间里所有残留的咖啡都饱含了时间

最轻薄的

是二〇二三年五月

我对着这个数字冥想

放弃了在暴风雨里驱车去山下的便利店买一杯咖啡的冒险

我决定品尝时间

三个月

我再一次翻开了卷十一　第二十七

奥古斯丁膜拜时间比对上帝还要虔诚

我的心灵啊　我是在你里面度量时间

滚烫的时间落在我的嘴上　一小口

陈旧的酸涩

我的大脑此刻在品尝

时间堆积起来的记忆浓度

我们还度量静默

那是生死之间的一段模糊的长度

俯身在低仄的桌下

从大地晃动的最开始溺入时间

静默　静默　静默

望不到时间的尽头

望不到彼岸

唯有永不终止的摇晃和死亡诱惑的牵引

我们将一生走完

在这区区的一分半钟

而这一天将无比漫长

这被强风眷顾的

被甘愿奴役的一天

虚假得

有如沉浸在甜蜜的情爱中

交欢的刹那一刻

深沉的玫瑰后三分之二之处

是从哪一首开始

黑暗的恐惧与忧伤

蔓延在纸张白色的情绪中

我反复翻找

确切地是从 1972 年

那个遥远的

对我也有模糊的心照不宣的数字

但也在那之前

我已看到了几片破碎的镜子

徒然地映照你已不愿再窥视的脸

当我们的身体

不再赋予我们曾经的清澈和光亮

我只当时间已停滞

早在我们出生之前

台风之前

我坐在台风过境后（二）

11号台风还很年轻

没做过多少海上的游历

它带着它精准的经纬

恋上了这个狭长的岛

就不顾一切地贴合

要完美无瑕

按岛的样子变换它的身形

它在冲绳上空又制造了一个冲绳

只是它无法像神一样须臾创造一个有呼吸的世界

所以它屏住呼吸

余白了一个圆

这就是传说中的暴风眼

却温柔得让风的怒吼得以片刻休憩

骤雨改变落下的方向

时间凝固地数出时间自己

然后它裹挟着巨大的悲伤离去

将一片狼藉作为它倾身爱过的证据

我坐在台风过境后

收拾一世界的残垣断壁

我发现自己也已残缺

有一部分已被台风带走

深深地埋葬于远离我几个世纪的海底

我裸露剩余的肌肤

替换生成新的质料

又一个忒修斯之船的我

如果我还可以称之为我

在台风过境后焦灼的热土和一切信仰待建的废墟之上

遥远地目送被杜撰成史前灾难性的一次飓风

你的谎言

这是一段谎言

也是一个游戏

站在生命之上六千公尺　俯视

往来的电车流光交错

那个被称为生命的你

你在那里

你坐在你的生命里

在一切事物之中无法定义它本身

以及赋予它任何光怪陆离的意义

那是一道你无法解读的谜题

是一场无谓的冒险

甚至也找不到一个足够的空间可以搁置

那些比空气还轻盈

比你的喘息还沉重的闪亮的无机体

高于生命六千公尺

你站在你之上

你是客体

也将是主体的上帝

我们在梦里看到时间汹涌

我们在梦里看到时间汹涌。

它打破了运行规律，

它不是一条流逝的河，

它是旋涡，

久远的过去被强大的力拖拽至现实的最表面，

覆盖了一切被岁月雕琢的东西，

让我们得以窥见我们难以追赶的新鲜的血液、青春的喘息

和我们不愿遗落却无法携带的生命的每一段前戏。

至今我在这梦的尾端，

或者

即将踏进现实，

这是一个比梦更模糊的现实，

没有梦里深陷肌肤的触感，

我们将一直活在这里。

被哲学家建造的世界

我怎样形容我存在的世界？

整片天幕是 N 为我笼盖的，不忘为我修饰闪亮与冰冷的星，大地下
厚实的根基也是他给我的赠礼，我很庆幸地确认我能一直站在这
坚实之上。

在广袤的不可度量的绵延中，是我呼吸的流动，是凝神的瞬间被充
满的庞大洪流，是紫色的 B 让我在这永恒的不安定中，找一个短
暂的支点。

如果这里有一些建筑物，被侥幸有形地分布在此，那就是 H 不忍
我的寒冷，有多少房间就有多少个我，只是它们彼此并不相连并不
相联。

而我在清晨推开每一扇门的一刻，不得不携带的理性，难道不是 K
的诱惑？

昨夜我们谈论死亡

昨夜我们谈论死亡，我的死亡

我们有着时差，你是暗夜，我已是凌晨

听到我缜密的计划，那里是你不知情的荒谬的因果律

你的声音有了变形的震颤

我和你说，别害怕

我加入了我握住笔的灵魂，文学的修饰调料

你在那边沉默

有二分之一的瞬间，我们同时沉默

今晨，我果然读到了博尔赫斯的见证（每一天我都是随机翻阅的偶然）

我想把它最后一部分略作改动，因为我的语言此刻会更美：

等到我死的时候，我会像从未来过一样，只把自己带走

不要留下一个文字，一片记忆，一滴谁人的眼泪

彼时

世界会失去一个清晨癫坐在海边却不看海的人

会有许多厚重的书籍从此无限地蒙尘

再也等不到下一个世纪的下一次触摸

留在六十四个古老游戏中的箴言被誊写到哪一爻辞就不再向前

而斑驳的桃花心木写字台抽屉里的三枚硬币会寂寞地永恒地存在

20 克埃塞俄比亚

20 克埃塞俄比亚，

13 锵研磨，

倒入按压壶，

加 95 摄氏度沸水至壶口第 2 线，

计时 4 分钟。

柏格森说时间是绵延，

是我在等待的每一个瞬间嵌套的过程。

不，

我没有在等待，

沙漏落下的不是咖啡形成自己的鲜美所需要的代价。

这个红色的图腾，

它计量的是我流逝的生命。

我要为你写一首时间的诗

我要为你写一首时间的诗，

将古希腊的理性和人类历史之河的任性，

全部赋予她。

我还要再去读一次忏悔录，

将自己安坐在奥古斯丁旁昏黄的烛台前，

为他递上他将展开第十一卷的笔，

看他如何为时间镌写那些古老的文字。

我们经过漫长的岁月的匍匐，

终有一天，

我的眼泪唤醒了你，

你的处子之身也为我保留了光的圣洁。

你说你是尘埃，时间的尘埃。

而我的城堡，

不过也是时间堆积起来的无形建筑。

你一进驻，

她就顷刻坍塌，

尘埃浮于尘埃之上，

我们一同用残骸去诠释。

迷宫

我在第几百级石阶？

我手里的阿里阿德涅之线已经断掉

是我亲手剪断这抹金色

让无边的未知和偶然成为我余生呼吸的氧气

因为我不想用胆怯顺着一根线模糊前行

即使这里也是一望无际的模糊

但却有确实的清晰的恐惧

和无数个出口

我来来回回地逡巡

将时间都融化在高耸的石壁上　　留下供后人解谜的楔形文字

我遇见的唯一的怪兽

就是每一处辗转延伸的未被破解的路的尽头

那冰冷的石墙　张着吞噬一切光的血盆大口

我长时间注视它的巨齿

不过是我童年的一件蒙尘的玩具

不过是每个夜晚降临的同样的身影

不过是一些遥远的窃窃的语词

不过是生成的坚硬

也是化为尘埃的剑与面庞

对昨夜的缅怀

海特别安静，

连同昨夜的喃喃细语都听得清清楚楚，

太沉重的悲伤也会随退潮坠入其下三千尺的沟壑。

我踩在坚硬的沙砾之上，

也站在一万年前高山的巅峰。

逝去的闪亮灵魂太多了，

从此暗夜更没有银河星光。

对我早已不是海

对我早已不是海。

就像赫拉克利特在以弗所漫游，

这是他故乡的空气，

是他身体的延伸，

是包围我的跟随我的呼吸和思想而无限流淌的时间。

我伸出手，

它也是我的手，

我将脚踏入，

我们化作一种物质。

刺脚的沙滩上有一大片温柔的陷阱，

是被晒干的海藻们最后拼凑出来的玩笑。

有许多永远不应该的相遇被未知带来，

搁浅在岸边。

我捡到了半个锈掉的铃铛，

一鳍残缺的被石化的鱼的尸骨，

还有英吉利海峡的蓝色。

海边的珊瑚礁化石

一

要赤足

从这些尖硬刺脚的死去的精灵的外壳上踏过

才能触及海柔软的躯体

这一场触目惊心的时间的暴晒　酷刑

固化与流动的

时间的把戏与二重奏

每一刻

都在愚弄落入它的律法之中的生命

二

这一世的光

都来自那个须臾之间的缝隙

将花

也凝固成化石

还有

淹没在阴影中

看到这个瞬间的人

她将时间承放在今早的膝上

三

将它的固执和孤独

搁置在这里

千年

结束它离群索居的生活

不知道

是否如它所愿

四

在这颗人类头盖骨旁

我得到它同意

坐在它身边

一起追溯　向前

坐到海的语词还未诞生

坐到创世纪的第七天钟声残留的余音消散

坐到宇宙起源时点的亮光点燃闪电

坐到时间模糊了一切初始

坐到我们都疲倦

毋庸置疑

我更爱人类

胜于眼前亘古的蓝

和无限

六点四十五分

六点四十五分

我把闹钟关掉

做了个比现实更真实的梦

梦里每一个人都欣喜

或者

装作欣喜

都是我不认识的面孔

却有着和我息息相关的最亲近的身份

当然在梦里我是笃信他们的

笃信他们就是我日常的一部分

那里的一个意识比逻辑更坚定不移

每一个人都欣喜

只对我是莫大的恶意

因为我又将成为一个新生命的依附

我是哭着挣脱出来的

如果早知道这样就可以逃离

我最初就不应该看那些陌生人的脸

而无端地给了他们空欢喜的一场人生

我醒来

再看时间

七点二十分

战争森林

我只要一切血写成的作品

我要在这里潜进去

用手亲自触摸

让心因哀伤而疲惫

我要长时间地待在里面

并因为有我的注视和喘息

让他们不再是模糊的光影

也因此有了真实的痛和泪

然后

就可以安息

不需要再等下一个世纪

而我

也会将我游走跨越的几百年沉重的灵魂

在一个阳光不太明媚的午后

晾晒发酵成赤红色的符号印迹

挂于最高的伞松之上

蓝的本质

致女儿：彼时你还不是一个生命

彼时你还不是一个生命，

虽然你已具备了一个生命的全部特征，

甚至更顽强更坚定地要成为我的延伸。

每一个今天的意义是神赋予的，

并不是那个先验的存在，

而是斯宾诺莎的上帝，

它造就了你，

和一个全新的面目全非的忒修斯之船的我。

你是我的女儿，

也是

我的母亲。

菊

今天早上我在读贝珀，

博尔赫斯的猫。

我的猫，

一只拥有日文名字，

而我却用我的母语的思想去思考它的思考的猫，此刻，

它静静地卧在餐桌上，

看我读一只远在世界另一侧，

必定早已不存在的猫，

但它留在镜子中的映像，

将是永恒的物种，

甚至它窥探镜子中另一个自己的那一刻，

也将是静止的永恒。

芝诺听见了我，

而如今，

他也只不过是一个永恒的名字和属于他的那些概念。

三位哲人

最近一段时间的夜晚

我沉迷逗留在三个男人之间

他们是炽烈的火焰、大理石

和波澜不惊的旋涡

他们是血色、黑白与深灰

是男人深邃的性感和趣味

我与他们交错相谈

他们之间却默默无语

但他们的交谈早在不同世纪的思想邂逅中

我在他们各自的灵魂香气中品闻流连

在这场旷世的不伦爱情中欲罢不能

但却只把所有的偏爱都给他

我的羞涩而疯狂的音乐家和诗人

海的反刍

海总是周期性地混浊

以为捡拾一些小恩小惠的馈赠

晾晒成可食的轻薄的海苔

就可以喂饱你蔚蓝深邃的思考吗？

扔掉

用顽皮的浪卷走它们

也当成一场游戏

没有颜色的清晨

在没有颜色的清晨我就会想起黄昏前一刻用金线编织的海。

所有的波浪都带着流逝的时光，时间的光，

闪烁着有一些人可能会听懂的箴言，

这些形而上的智慧，

是穿越了多少世纪，

从某个人的出生，到另一个人的离世，

都凝缩在这片刻的金黄。

在沙砾之上起舞很难，

我想象我轻盈的舞步，

是由命运的金线编织起来的迷宫，

我身在其中想象她，

犹如想象一朵不曾在意的微小的紫色花朵的绽放，

我确切地走过她。

永恒史

有些习惯在时间的阴影中悄然改变。

等发现时，

我已坐在咖啡馆的正中央。

那无数个角落和一隅，

曾经是我的栖息之地。

如今我是世界的中心，

是想环视的神。

我将三枚硬币藏进桃花心木的匣子中，

将占卜的命运尘封。

我从数不尽的书籍中抽取一本，

必是我想阅读的。

我喝完最后一口咖啡，

再也不看沉留在杯底的形状。

一个影子决定去自杀

如果不是在清晨的翻阅中撞见那么多影子的文字

它决定冠以其他的命名

现在窗外阳光摇曳出一些生命的趣味

但也不及它那有趣的颠沛流离的若梦浮生

谎言繁殖无数交织的彼岸花藤枝条

不存在创造了一个山河世界

它是天生的祭司

它抢先在一个人之前冲向镜子（影子不是应该尾随其后？）

书里告诉它应该举枪

那是年轻的诗人惯用的终极隐喻

血溢出的赞歌

悲剧的审美在哪个世界都盛行

可是影子已不再年轻

它丧失了被别人在事后捕风捉影津津乐道的资格

年轻真是一件好事

新鲜血液的甘美

连死亡都要沾一些利息留在这里滚动

或者带到上帝那里生成新的资本

然而影子拥有众多年轻的身体

它在每一个生命早春的季节流连

在每一处坚硬的断崖边闻香

它吸吮着时间的回流

再构筑自己

能量守恒的定律

但突然间

它也厌倦了时间

它想它已活得太久了

那么多个世纪

苍老是它脏腑的沟壑

灵魂布满皱纹

它决定自杀

不举枪

不给世人看四处逃逸的血

有一个方法

就足以让它顷刻倾倒

钻到石棺之下

覆盖上尘土

再也不想听梦的声音

——回到真实中

我给影子送葬

我看到今早它翻看的书上尽是影子的名字

我想如果它恰巧看的是别的书籍

那这一篇的命名

应该是——

一个我决定去自杀